愛情 與 幸福

Love
and Happiness

花菇・心所・猴子貓 ──著

出版序

這是一本關於愛情的詩畫集，書中包含三位作者個人對愛情的想像與傾訴，跳脫過去傳統新詩編排的方式，打破大眾對插畫詩集的既定印象及限制，由兩位詩人及一位兩性作者共同創作完成，再穿插加入猴子貓的新舊插畫，節奏更細緻。其中詩的部分，新生代詩人花菇的詩對愛情充滿憧憬，其不乏苦澀與甜蜜參半，展現青春無敵的姿態。猴子貓的詩多半趨向文字的遊戲，在字裡行間尋找個人的片面，與日常的邂逅，是已經蛻變後再蛻變的沓見。至於兩性作者心所的愛情與幸福觀點，是一位男性對男女之間相愛的體會，其中還包含使用雅歌詩歌中對愛情的雋永。敬上帝為天父的他，希望他的文字能對你的愛情有所幫助，希望這本書的出版能是這紛擾的時代中清新的存在，成為彼此靈魂與肉體擁抱的小時光。

至。逝

嘿，我是花菇，開花的蘑菇。

不久前我剛結束了一段令我惋惜的感情，我用了十首詩紀念這個說來不長卻格外重要的故事，〈至。逝〉。

最先寫下的是〈窒息〉，我想保留住初吻時的心動，而後在不止息的矛盾與爭吵中〈雨〉和〈有點笨〉誕生了，訴說著儘管在見不得光的雨夜中也不止步的堅持，還有〈我在說〉，無聲的說著那些我無法言說的放棄。

〈藏〉是收藏了那些美得驚心動魄的回憶，這時的我們已經分開了，而〈只想和你浪擲時光〉與〈餘溫〉分別紀念了同床夢醒的溫暖與緊緊擁抱的溫度。

〈十分鐘〉是我在感情結束後落筆的第一首詩，在認清了他是真的走了後，我好像也才看清，我的愛是這麼的純粹，只要是他，無論過往。〈這不是一首詩〉是對於這段感情的一個感謝，謝謝他與我一起，陪著對方學會愛與被愛。最後〈愛哭的疤〉是我不乾淨的抽離吧，說來有趣，在與他分開的後兩天，我長了一顆擾人的瘤，提醒著我該走出來了。

花 菇

說說我自己吧,「花菇」於我而言,可說是黑夜中的光,是不可能中的可能,那是一束希望,這就要問問我在憂鬱情緒下寫出的〈菌菇〉了,誰說陰鬱的菇不能開出美麗的花呢?〈月光借的湯〉的生活,好像事事都看得清,只是自己不願醒來,又好像什麼都看不清楚,我需要借一碗醒酒的湯,我醉在回憶中放不下,醉在生活中看不清。

保留美好回憶的〈棉花糖〉,將惱人的失眠夜譜成舞曲的〈不眠星河〉,用浪漫溫暖的文字寫成詩句,用詩句訴說著我的故事,是我正在做的事,就好比我正在努力的開花吧。

目錄

Ⅰ.當你選擇愛時，愛就誕生了

II.傳說被月亮女神親吻臉頰的人都會變成詩人

III.那些我說不出口的分手

當你選擇愛時，

愛就誕生了

兩顆脆弱的心緊貼的溫度，令孤獨的靈魂找到了家
花菇

愛情對男女的定義是不一樣的

什麼是愛情呢？愛情對男女的定義是不一樣的。
男女愛情的不同在於愛情的主導權在女性，也就是說女性的一生，心中都嚮往愛情，對愛情既期待且迷惘，何嘗不是繞著愛情打轉。

雅歌2:3
我的良人在男子中，如同蘋果樹在樹林中。我歡歡喜喜坐在他的蔭下，嚐他果子的滋味，覺得甘甜。

那麼，對女性而言，愛情到底是什麼呢

愛情對女性而言是一種療癒。療癒是男性所能持續提供的一種價值，而且女性極度需要這種價值。就像小動物可以療癒你，甜點也可以療癒你，甚至只是陪伴，這些都療癒且撫慰了女性的心靈。

女人的愛情與幸福息息相關

女人就是要得到療癒，才會幸福，她的愛情也由此產生，這就是本書書名的由來。書名提示愛情與幸福兩個主題，實際上還包含了第三個主題，即愛情與幸福的關係。

如若讓女人選擇愛與被愛，只能擇其一，相信絕大多數的女人都會選擇前者。因爲她會主動去愛，代表對方有滿足她的地方，這點很重要，這宣告了一段關係的開始。

十分鐘

蝴蝶愛上花，需要多久？

讀懂星夜的祕密，要三十八秒
墜入你的眼眸，要一瞬間
鼓起勇氣走向你，要一個半月
嚐盡酸甜苦鹹，要半年少個零頭

得到一個解答，要一段沒有你的生活
花愛上蝴蝶，要一個偶然

親愛的，
我總說我為你落筆，要十分鐘
但我不曾告訴過你，十分鐘是多久

就像一個偶然，
發現花不是習慣了蝴蝶的陪伴
而是一不小心

就愛上了

藏

我雀躍的　雀躍的　看著如電影中的河岸
你靜靜的　靜靜的　看著鏡頭中的我

我輕輕的　輕輕的　靠上你的後背
你緊緊的　緊緊的　抱著我

你記得嗎？那天
我也悄悄的　悄悄的　拉著你的衣袖
你也小心的　小心的　牽住我

當細碎的雨點落下
濕了人群　濕了傘　濕了唇瓣

你記得嗎？那天
那個笨拙而認真的表白
那雙真摯而緊張的眼

時間已經走了多久
距離那天　時間已經走了多久
距離淡水河畔的一支傘
距離我的心跳　屏息
又被搗熱

你慢慢的　慢慢的　跟我走
我偷偷的　偷偷的　藏起了風
藏起了雨
藏起了輝煌又熄滅的河岸
藏起了手中的手　和眼中的悸動
藏起了下墜的擁抱　我的心在下墜
墜得好　沉
沉進雨幕
沉進傘下
沉進你
和你落下的吻

我又默默的　默默的　翻開那天
天橋上的風
風中勇敢而脆弱的你
和被風偷聽了的話

我也都偷偷藏著

愛情可能是救贖嗎

有些人會覺得女人的婚姻就像是一種重生，這種說法好比是重新出生，除非是原生家庭真的很糟糕，他能將你從泥沼中拉出來，否則一般的年輕人是無法體會，尤其現代的女性各個都自主獨立，愛情在時享受愛情，愛情不在時疼愛自己。但螢光幕前，灼灼其華，許多麻雀變鳳凰的故事，總是耐人尋味。

女性想碰到救星型的戀人

心理學家榮格認為每個人的身體裡住著一個異性靈魂。十之八九的女人，常處於一種身心受困的狀態，因此身體裡男性的部分便出現成了拯救型的王子，或她自己成為拯救自己的人，彼此得到救贖。

美女與野獸
典型女性阿尼瑪（anima）例子。女孩通過尋找真愛的過程，野獸打破了面具，回到了王子的本來面目。當女孩的愛完整了，她內心裡的野獸即轉變成王子。

雨

縱使林中下起大雨
沒了鳥語花香

縱使風依然在刮
雨依然在下
天依然未亮
我依然愛妳

怪獸

有時候你只想要臥倒
你還記得
那時候想起了些傷心事
就很難堪地離開
我不怕它再次組合成怪獸
操控結局
只有有勇氣的人
才能走過去
你應該再撐一下下
就能變成別人的
怪獸

男人的愛情又是怎麼回事呢

男人的愛情本質是喜歡，喜愛，或是珍愛。男人珍愛的是妳身上吸引他的獨特亮點、那份溫婉或表達自己的真我，任何感受都有可能。

男人的幸福

對男人而言，能憑自己的雙手打拼賺錢，甚至富足，有能力賺錢又有錢花，已經容易感到幸福，他的面前已是織錦一片，如果又獲得愛情，對他而言，豈不是錦上添花。

男人為何會劈腿

對男人而言，喜歡就是愛，愛就是喜歡。因為喜歡可以同時喜歡好幾個，這就是男人劈腿的來源。

蛋黃般的自己

不是很愛你
是很愛自己
所以
沒有了姿態
而另一個我此刻長出了翅膀
飛撲向你

不是不害怕挫敗
是很愛自己
所以
一直看著你
上一刻你錯身而過的背影
緊緊攬住背包裡情人節巧克力
遂比雨先離去

可是，我卻還在這裡
破除印象派堆疊的色暈
解除詛咒

不是突然發現
是刻意發現
記下了你的聲音
一個很像鄉下人的人假裝聆聽

植物的命名

畢竟，都會有一株草願意站著
是等待著盛開
才停下來

是因為熾熱愛著
挨近我們的眼淚
像一顆脆弱蛋黃的自己

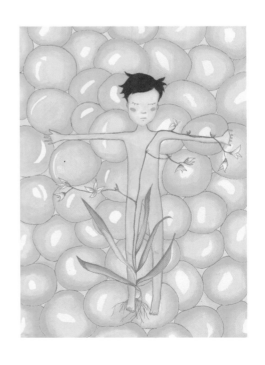

一個人的時候

可是偏偏「我愛的不愛我，愛我的我不愛。」愛情似乎沒那麼多兩情相悅，更多的是一廂情願，把感情不斷地投入在不對的人身上。

如果對方不愛你，你硬是因為個人的執念強行要在一起，一方委曲求全不斷付出，這像是要脅，「我為你付出這麼多，青春、金錢、肉體……」，對價關係，不是如同搶匪一樣、撒旦的詭計。

所以現在也有很多女性自覺即使一個人也要過得幸福。

月光借的湯

幫我向月光借一碗湯
我在夜色的酒裡醉得唱起腐朽的歌
幫我向街燈借一束昏黃
我看不清貓頭鷹的黑色幽默

讓晚風帶我走吧
我在淚色的茶裡醉得哼起老派的調
讓影子帶我走吧
帶我踏進下一盞昏黃

喜歡既然就是男人的愛情，
那麼最愛的那一個呢

當然就是最喜歡的那一個，那會是他的夢，有些人終其一生珍
藏著他的夢。

安好

我這樣寫詩
大心。讚。微笑。煙火。
我通通接受
玫瑰花有腳。磨菇有光。高麗菜梗。
擺出不同姿態都能夠書寫

不需要刻意給予鼓勵
愛心。綿羊。小兔子。
三百多個日子
將你安放的暫停時空
有些隨著時間就要忘記

你不知道
每次你走掉之後
起伏擺盪的樹梢問我
心已有屬

我在你背後
我連句子都寫好了
大福。鬆餅。馬卡龍。安好。
打算丟了就走

僵住的陰影裡
一天最多想法的時刻
繼續逆光飛翔
容許存疑
有你，溫暖了我。

餘溫

當鯨墜入海洋
沉寂的　落入
驟起浮游的舞曲

怦亂的魚撞進了海
亂序的　呼吸
那一句飄渺的愛你
溫暖了多少眼淚

我想海會知道
待我偷偷告訴還溫熱的棉被
待我偷偷告訴擾人的朝陽
待我偷偷告訴風　它將會
讓沙鷗知道　讓海知道

你的擁抱　是我心跳的餘溫

愛得失魂落魄才是愛情
心所

傳說被月亮女神
親吻臉頰的人都會變成詩人

棉花糖

甜膩的紡織機
以糖晶爲料
拉出晶瑩的細紗
迴旋　纏繞

以濕潤的竹籤爲底
編織著朵朵夢的花
游雲不拘的逍遙
團花可期的豔麗
甜得發膩的紡織機
迴旋˙纏繞
交織陳舊的故夢

甜的，她說
是年幼不視煩憂的甜
暖的，他說
是回甘時直撞心底的暖
青空下的嬉笑
相簿裡的歌謠
迴旋　纏繞　再纏繞

粉色，她說
是兒時偏執著想擁有的粉
白色，他說
是陳舊泛黃的白
刪不掉的相片
抹不去的回憶
迴盪耳畔的歌謠
還是那難忘的味道

織女的巧手下
是最甜美的夢
也是不曾變質的夢
她的夢　他的故夢
我的夢　我的故夢
粉色　抑或是泛了黃的白
泛了黃依然甜的白

不眠星河

她向星河啟航
落了遍地的是夜空的淚水
梔子花瓣踩著娃娃鞋
奏起了塵埃
滴答　滴答
是誰　將她拒之於外

黑色髮絲與風共舞
驚醒了沉睡的窗紗
點點銀灰綴滿雙瞳
那是她　夢的殿堂
滴答　滴答
是誰　拒絕了她的入場券

蔚藍的鯨歌
是耳畔的床邊故事
晚香玉般的美
牠將親吻她　在她的夢鄉
那鯨尾懸著新月
牠或許還沒等到　牠的海鳥
陪伴著月下孤島的海鳥

她將在夢鄉起舞
許是在彗星劃破夜空時
圓舞曲將喚醒鼾睡的房間
她將在夢鄉起舞
許是在星星墜落時
娃娃鞋踢踏出聲　盪起了霜白的舞裙
滴答　滴答
床邊的玩偶熊是她的舞伴
滴答　滴答
當星體也跳起了華爾茲
滴答　滴答
滴答　滴答

當時間的腳步不再迴響
她終是去了夢鄉　去了她的殿堂
在牠親吻她之時
在這曼妙的　不眠夜

菌菇

我是菌菇
我在陰濕的腐木上
等死。

鳥說藍天很美
我只看到透不得光的叢葉
蟬說要及時行樂
但我不知道該怎麼快樂
蟻說生活很充實
因為它不知迷路時也遺失了糧食兌換卷
蛙說蛙鼓齊鳴，活得自在美好
我，想死。

我想
當葉中透出微弱的陽光時
我是快樂的
晝夜運行，我找不到它們了

我是菌菇
我害怕孤獨、畏懼寂寞、眷戀陽光
而我的軀體
從最初便是不顯眼的真菌類植物

對男人而言，喜歡到什麼程度才叫最愛呢

喜歡到不忍割捨，產生一種強烈的衝動，要把伊娶回家，以免被別的男人捷足先登，這就是徹頭徹尾男人的愛情。

男人的主動追求

隨緣就沒緣，認真的找就會有回饋，快樂可以預期，幸福必須要追尋。終歸一句話，「自己的幸福掌握在自己的手中」。

只想和你浪擲時光

從關掉最後一個鬧鐘那刻起
從撐起相愛的眼皮那刻起
從搬起你摟著我的手臂那刻起
從偷偷吻上你睡臉的那刻起
從「好想和你一起自然醒」那刻起

我的一天開始了。

現代的婚姻失敗

許多人後來的選擇都是second，第二喜歡，而不是最喜歡，以至於很多時候相處時的摩擦就不能容忍，因為不是自己的最愛。於是兩性專家都在解決這些次喜歡所衍生的問題。

真愛怎會願意屈就；真愛不願意屈就

對女人而言，她的愛情與幸福息息相關；即便是依人的小鳥，也希望成雙成對。

飛鳥

告訴我，當你開始飛翔
才知道臉要朝向天空
告訴我，你的靈魂和我一樣渴望呼吸

你是否也和我一樣喜歡遨遊天際
我倆是金色羽毛的飛鳥
晨曦、黃昏、彩霞
將光采染上雙翼

夜裡
一起棲憩於高聳參天的枝上
看著朵朵浮雲來去；點點繁星熠熠
你的守護，讓我能抵擋風雨
大雨傾盆奔瀉時；熾熱豔陽燃燒時
不再只是仰望奇蹟

我的宿命
只是在相互牽制的困境中旋轉
倘若你是我渴慕的飛鳥
伴我走過無數迂迴的路徑時
才能明瞭此生的真義

愛上一個人只要一瞬間，
忘記一個人卻要一輩子

「我妹子，我新婦，你奪了我的心。你用眼一看，用你項上的一條金鍊，奪了我的心！」雅歌4:9

一個女人，當有她的男人在身旁時，她能享受浪漫，不在時，她要自己活得精采。

專屬每個女人的愛情，卻都需要量身訂做

女人所需要的，絕對不是隨便哪個男人對她好，就可以輕易達成的。

對女人而言，愛是主動的發生和艷羨，如驕陽。女人單純只是喜歡男人，絕對稱不上是愛情。因為喜歡相當於平視，而只有仰望，才會帶來慰藉；只有特定的仰望，才會讓女人成為眾人羨慕的目光，也會讓她主動生出愛意。

窒息

盪著
我的心　正　盪著
倏然的

窒息

然後　安定了下來
當你終於吻上我的　唇

如果你不說，我怎麼知道你需要我

我喜歡這樣感覺他的芬芳，我相信每個人都有一種屬於自己生命的芬芳，而我傾羨他的芬芳。女生在碰到心儀對象時要適時的給予暗示，妳的主動，能讓男人勇敢走向妳。

雅歌7:10
我屬我的良人，他也戀慕我。

像花一樣

你有看過胭脂花嗎
紅紅粉粉
靜靜的小喇叭

夜晚花是織女離去時的絢爛
晚霞的外衣
它不喧嘩

你有看過一個人像胭脂花嗎
俊秀的臉龐　膽怯的心事
生得那麼漂亮
像你一樣

花開了
爲著那些美好的時刻　挽一絲清風
等待相見時琢磨出聖徒般的光環

那就留下來吧
留在某個被檸檬與夏日溫暖陽光
紅通通覆蓋過的果園
被絨羽愛上的錯覺
像花一樣

逼不得已
無法再放慢腳步　想想你老是刮不乾淨的鬍渣
亮紅色肉質軟刺　喜氣般的彩綢
溫柔而不扎手
你好老派　我來幫你弄亂

男人是怎樣愛女人的

男人的愛情發生在那個最吸引他，迷戀，想要這輩子能擁有的亮點；在他眼中伊人的一舉一動都變得美麗、古錐，即便是別人眼中的缺點，他也不以為意，強烈地想要娶回家。這就是不同樣貌、個性能吸引不同的伴侶，美有美的好，胖有胖的phang。

雅歌8:7
愛情，眾水不能熄滅，大水也不能淹沒。若有人拿家中所有的財寶要換愛情，就全被藐視。

有點笨

我有點笨
所以矇著眼前進
我有點笨
所以跌坐在地

一片漆黑中手電筒的光
雨幕中傘下的世界
爲什麼　全部都是你

我有點笨
所以不懂得閉眼休息
我有點笨
所以不懂得回家躲雨

抱歉　因爲
我有點笨

所以儘管你推倒了我
我也會爬起來　提起裙擺
在冷雨中帶著滿懷的溫暖
繼續愛你

III.

那些我
說不出口的分手

那個願意和你一起墜落萬丈深淵
又願意陪你一起飛翔的人
猴子貓

我在說

我在無人的房間裡說
我在你熟睡時說
我的唇瓣貼在你臉頰上無聲的說
我抑制不住淚水的　將聲音留在喉嚨裡說

我在說
那些我說不出口的分手

小三是什麼

不對的時間，不對的地點，不對的人。聖經上說遠離那些包著糖衣的毒藥，使那些詭詐又惡毒的計謀，完全不能傷害他們。小三會讓人感覺是危險的吸引力，包裝很唯美，裡面是致命的，越矩的代價，是讓上帝設立婚姻家庭裡面的美沒有了。

雅歌2:15
要給我們擒拿狐狸，就是毀壞葡萄園的小狐狸，因為我們的葡萄正在開花。

愛情中出現第三者

沒人希望自己的感情中出現第三者。如果發生了，因一時意亂情迷介入別人感情的小三和感情中的元配，正好可趁此機會，正視自己和對方的關係。當迷霧散去，真正的答案卻很傷人，她（他）是愛你的財富還是青春肉體，或者只是一時好玩。放下眼前錯誤的，才能回到正確的道路。

在火車站裡說故事的跑馬燈

23:04分的車票，載走所有人故事的中途
說書人是月台上的跑馬燈，說著短篇故事
故事裡的主角熟悉彼此的存在
全市最吵雜的地方，他坐在裡面

「火車23:02分提早到達」他說這種事天天發生
「你在23:02分網路發文要我留下」變成下一段的開始
「我在23:03分上了火車」跨越了一個章節

說書人一如往常，只是口述著路過、錯過，各種離開的姿勢
有時是壞掉的鐘錶多翻了一頁，另一個主角
便拿走了另一本書中的帽子、外套、雨傘，踩著走失的鞋印
從陽光耀眼的城市進入另一個雨水濕濡的城市
灰白紀錄片裡遺留的飲料瓶能成為下一部短篇的序

說書人在月台眺望拼命揭示更好的結尾，有時他寫了三個結尾
分別給了三個人，三家店家，三條捷運輪流開啟
有時他給了同一個人
你伏在書桌上倏地發現另一個自己起身背上背包越過邊境

偶爾說書人想將你留下，我想請他將我留下
再多一個章節，寫著各種愛情故事中披上的外衣
質地是鋪棉，純白，柔軟，能保暖所有巨大的浪漫想法

在冬夜加入一首詩
他會廣播火車延遲抵達
23:04分的車票，火車延遲22分抵達
「我在23:03分看見發文」回到上一段的開始

被神贖回的靈魂離開23:02分的月台重新回到三十分鐘前
寒風中羅蘭巴特和我坐在小7前等你
調整每個對話的符號
離開了說書人的短篇故事
當時所有路過的花草行人計程車司機都有可能成爲我們故事的
開始

女人一定得美，男人一定得帥，
公主王子童話般的愛情

再美的事物也會審美疲勞。

男人對再美的美女也會審美疲勞；但女人就不一樣。女人迷戀自己的男人，不管長相如何，只要心有所屬，即使外面再帥的帥哥，也不會動心。

愛情條件說

愛情形成之前，彷彿彼此之間的條件匹配，就能確保未來的幸福婚姻？當愛情能滿足一方的需求（女方擇偶的需求），極可能成形。反之，只單憑條件，硬是將不愛的兩個人湊在一起，彼此都是折磨，再好的條件、匹配都是枉然。

可見得愛情的本質，並不符合條件說，反而主導權在女性；當男性為女性帶來了她的需求（療癒）、不管是金錢、物質、心靈陪伴，或是幫助她成長的助力，這萌發了女性一方的愛情，於是愛情才開始。

既然男人都會劈腿，為什麼不找個帥一點的

儘管潛在的女性伴侶選擇還是有些潛規則，一個越有吸引力的女人，她也越重視對方的吸引力，因此，漂亮女生也容易選擇條件同樣、外在條件匹配的對象，但這不是全部。其他相對條

件、吸引力次一點的，才是善良、老實、負責，幽默感等選擇。

而男性對於條件匹配相對需求就低了點，他只在意對於自己最亮眼、最喜歡的那個女性，甚至可說是視覺動物，這也跟男性肩負事業、家庭責任有關，他被賦予一肩扛起的使命，包括自己的愛人。

女人為什麼容易把愛情當作人生的全部

一個女人從她的另一半身上得到安全感及依賴，還有她的男人對她專屬的療癒，因為這段專屬於她的感情，使得婚姻中的愛讓兩個人在一起更幸福。因此愛情並不符合條件說，反而符合療癒說。

雅歌8:6
求你將我放在你心上如印記，戴在你臂上如戳記。因為愛情如死之堅強，嫉恨如陰間之殘忍；所發的電光是火焰的電光，是耶和華的烈焰。

這不是一首詩

這不是一首詩，我想，
這不是一首詩。

它不符合我的詩的字句，就像我和你，
不符合我對感情的包容度。

就聽我在這嘮叨，請你留下
就聽我在這嘮叨。

你一定不知道，
那是向日葵的救贖，
我生長的角落，我的角落
開出了　太陽花。

那花他盛開，他綻放，他花瓣漸漸落下
我回望那枯萎的草本植物莖
我讀懂了，他最後送我的禮物
原來，
我可以如此的如此的愛一個人，
也會有一個人，如此的如此的愛我。

他是毛線的溫暖，是水鑽的璀璨
是玩笑著替我擋子彈背後的認真

是遍體鱗傷，是千瘡百孔
是妄言要賠上下半生的賭局

靜夜星空下的蜜語
雨幕中傘下的擁吻
和你唱過的歌

你撥弦的指尖，
換聽我在這輕輕唱，這次
換聽我在這輕輕唱，
唱那笨拙的勇氣。

就聽我在這嘮叨，請你留下
就聽我在這嘮叨，
嘮叨那晚你整夜摟住我的臂彎。

它是首不合格的詩，就像我和你，
是不合格的童話。

這不是一首詩，我想，
這不是一首詩。

這只是我又一次的嘮叨。

女追男，怎會是倒追

雅歌8:4
耶路撒冷的眾女子啊，我囑咐你們：不要驚動，不要叫醒我所
親愛的，等她自己情願。

一般認為正常的程序是男追女，男生追求女生再怎麼樣都看得
出來，可是決定權在於女方，對男生而言，如果你很愛的那個
女生，她並不愛你，即使追到了只有單方面的愛，會幸福嗎？
愛情和幸福的主導權本來就在女性手裡，女人獲得愛情，她也
就得到幸福；一旦她幸福了，你們的婚姻也跟著幸福，所以女
追男並不算是倒追。當你對她而言是難得的那一個人，當她愛
意生起，正所謂天賜良緣。

只有愛，或不愛，是顯而易見裝不出來

女生喜歡一個男生，她可能會在朋友間提起你，詢問你的事
情，她會對你的事物感興趣，也許她也會讓你知道她單身，或
者看著你的眼神很害羞或試圖試探你，試著不經意觸碰你給你
暗示。
男生會企圖吸引女方的注意，或者在團體裡眼神始終離不開女
方，舉止變得反常，高冷男生變成陽光男孩，粗心的男生也變
得細心起來，他也會想要給她安全感，保護她不讓別人傷害
她、用言語詆毀她，也願意花時間陪伴，用一生的時間陪伴。

我喜歡你

我喜歡你逗我笑的時候

我喜歡你裝正經的樣子

我喜歡你一直和我在一起

我喜歡你布置的驚喜

我喜歡你守在電腦整夜不用睡陪我聊天

我喜歡你當我的保鑣

跟在我後面，也許迷路了

我喜歡身邊都有情人節的味道

香蕉巧克力蛋糕

我喜歡每個假日去找你

我喜歡任何值得紀念的日子

我喜歡所有的謝謝和對不起

我喜歡你總是對我好

我想向你看齊

我就是喜歡黏著你

像個小孩

啾咪，我還要收集好多好多的你

有種婚姻，是從婚後一路吵到老

一段關係裡，女生需要被呵護，把她放在第一順位，如果女生得不到來自男生持續的療癒，她就會用不同的方式表達，吵架就是最直接的方式；而男生也需要把自己身邊不清不楚的人事物清理乾淨，將那個最重要的位子留給最重要的她，因為女生會為了這些不清楚的事物而吃醋，掀起戰火。很多女生得不到滿足，原因是男生並沒有把她放在最重要的位子，提出溝通也遭拒絕，兩人就一路吵到老，這種婚姻有很可能是退而求其次結合的婚姻，也有可能是為結婚而結婚的選擇。

相愛的兩人，過的日子應該是溫柔的。

愛哭的疤

正好的日子　正好的天氣
正好的心情也正好的差

那顆待切除的　擾人的瘤
也正好的冒著擾人的膿

腥黃的淚水
一日　一日
它總歸是深情的
一日　一日
它只是有些煩人

煩人的髒了我的牛仔褲
煩人的在夜裡刺痛
煩人的留下了疤
也煩人的告知著我

這顆該切除的瘤
該流盡的膿
和該放手的你

落了一個疤

有一種療癒，是我被需要

就拿我自己和女友的關係來說，是什麼樣的特質吸引女友？而她索求的又是什麼樣的療癒？

我的女友是一個自認為平凡無奇的女子，但是，我發現她的體貼、通情達理所獨具的特質很吸引我，而深深喜歡上她，這正符合男人聚焦在女人的亮點來愛的特性。而她之所以會愛上我，也正是我所帶給她的療癒。她曾告訴我，自己平凡不過的女子而被我深深愛著，因感覺被我強烈的需要，而得到療癒。

女人追求愛情，就一定要積極尋找那個Mr.Right。聖經上說：不斷祈求吧，就會給你們；不斷尋找吧，就會找到；不斷敲門吧，就會為你們開門。

如果妳只是抱著隨緣的想法，一邊又期盼緣分在不經意間發生；隨緣的結果，通常就是沒有緣分。記得，當妳的Mr.Right出現時，要為他開門。

男人外遇，是尋求婚姻沒有滿足他的部分

兩個人相愛的婚姻大致上來說，是沒有什麼問題的。有問題的，反而是在一開始，沒有找對人；特別是女人，沒有選對男人。

但是就算找對人，好像也沒有四平八穩的事，有些人的感情還是經不起誘惑，但這通常不是感情走私，而是婚姻沒有滿足他的部分，性這一塊，他以為暗通款曲，另一半不知道，這通常是男人的外遇開始。

男人對婚姻，基本上是沒什麼好挑剔的，他通常不會覺得自己的婚姻有什麼問題。有的只是來自老婆的嘮叨和不滿意，還有就是性這一塊，大部分的男人在這方面不滿足，發生外遇的機率比較大，個人認爲婚姻中的事情還是得靠夫妻倆尋求專業，藉由第三方的協助共同來解決。比如有些男性經醫師檢查自己身體狀況或是精神科評估是否壓力過大、廣泛性焦慮症等；也可進行夫妻協調，增加情趣，或是心理諮商，這些專業治療也許會有些幫助。

如果婚姻之間的事情走到了無法挽回的地步，包括離婚時也可以請專業離婚證人，減少親友間的紛擾。

夫妻離婚的主要原因

夫妻離婚的主要原因，在於女方不幸福。爲什麼單說是因爲女生不幸福，而不說男方呢？男方很少會覺得不幸福，他們大多把心思擺在事業上或朋友家人等其他事物上。如果事業有成，家庭就容易感覺幸福，有錢賺爲家人付出又能分享給摯愛的人，他們就會感到幸福；愛情對他而言，也不過就是錦上添花而已。有沒有愛情，並不直接關係他的幸福。

對婚姻不滿意的通常是女生。男人往往是因爲老婆對婚姻不滿意，一再挑剔，他才開始感覺到不幸福的。曾經在買早餐時碰過一對夫妻，妻子央求早餐店的員工幫忙簽離婚證明，也就是離婚協議書上的證人，早餐店員工不敢，她就請我幫忙簽名，我直覺問女生，妳先生是不是有哪裡沒滿足妳的地方，妳可以再跟他溝通，可是她堅持一定要馬上離婚，戶政事務所就在旁邊，她連等都不願意再等，似乎對方不會悔改，心意已決，於是又去找其他路人，先生只好跟在她身後，悶不吭聲地陪著。Mr.Right何其難找，他當初也是有某部分滿足過妳需要呵護的地方吧！

你和一條魚一隻貓一艘海盜船就這樣路過

春天用一首詩抵達
玫瑰、茉莉、繡球花
一朵朵相挨著開放
的下午
是那朵瑪格麗特給我莫名的
喜悅

我守在花園
用大紅蝴蝶的金色靴子點綴窗台
用長青藤蔓的心形嘴唇裝飾卽景
一條小河收留一條愛美的魚
四周反射出牠的魚形波紋
看上去嘴角是笑的
一艘海盜船收留幾位理髮師
修剪一窩豺狼的毛髮
也給上點潤滑油

前進。有一隻大貓呀
癱在地上很大很肥的一隻
牠丟了一朵花到水裡
花兒，划行過一排金魚草
划行過七嘴八舌不爲人知的倩影
乘風破浪

也淚流滿面
她的青春嬌豔欲滴
雙腮緋紅

瞪視河面上的那隻
蜘蛛
在枝芽間放肆地織網
心裡總清楚
很時髦很敏捷的八隻腳
只需一邊忙碌
一邊捂著耳朵在岸邊洗衣服
自言自語
「反正只是位臨時演員
反正誰不受點氣」
在獵物氣得七竅生煙前
慌慌張張逃離那艘航行中的海盜船
別給抓去商量

一個下午
像一隻孔雀
爭奇鬥妍的
開屏
再開屏
一半時間沐浴著陽光
另一半時間沉溺在陰影裡

而那朵心儀的瑪格麗特
偏偏還是不滿意這樣場景的安排

花一般的小手
海盜船長裝著鉤子的左手
貓咪拼命磨練的指甲
那藤蔓的綠色嘴唇
噓著
潑弄河水
每一顆小石子擊中我的胸膛
你和一條魚一隻貓一艘海盜船就這樣
輕輕路過

猴子貓

玫瑰花的想像

我覺得捧著糖果的小手更想把
落葉，花瓣，石頭，放在你窗前
自作多情的微風更想把
小鳥，蝴蝶，松果帶到你家門前
尾巴掛著鈴鐺小貓咪的小掌更想把
太陽，星星，月亮堆上你屋頂
不是只在你的想像中掠過
而是像我一樣希望成為你經過的一朵玫瑰花
把你鼻子撲倒一下

國家圖書館出版品預行編目資料

愛情與幸福／花菇等著. --初版.--臺中市：白象
文化事業有限公司，2021.10
　　面；　公分
ISBN 978-986-5488-85-7（平裝）

863.51　　　　　　　　　　　110009507

愛情與幸福

校　　對　猴子貓

發 行 人　張輝潭

出版發行　白象文化事業有限公司
　　　　　412台中市大里區科技路1號8樓之2（台中軟體園區）
　　　　　出版專線：（04）2496-5995　　傳真：（04）2496-9901
　　　　　401台中市東區和平街228巷44號（經銷部）
　　　　　購書專線：（04）2220-8589　　傳真：（04）2220-8505

專案主編　林榮威

出版編印　林榮威、陳逸儒、黃麗穎、水邊、陳媁婷、李婕

設計創意　張禮南、何佳諠

經銷推廣　李莉吟、莊博亞、劉育姍、李如玉

經紀企劃　張輝潭、徐錦淳、廖書湘、黃姿虹

營運管理　林金郎、曾千熏

印　　刷　基盛印刷工場

初版一刷　2021年10月

定　　價　390元

缺頁或破損請寄回更換